LES LEÇONS
ROYALES

Ou la maniere de Peindre en Mignature les Fleurs & les Oyseaux , par l'explication des Livres de Fleurs & d'Oyseaux de feu Nicolas Robert Fleuriste.

COMPOSE'ES

Par Damoiselle CATHERINE PERROT, Peintre Academiste, femme de Mr C. Horry Notaire Apostolique de l'Archevesché de Paris.

Dediées A MADAME LA DAUPHINE

A PARIS,

Chez JEAN B. NEGO, sur le grand Escalier de la Court Neuve du Palais.

M. DC. LXXXVI.

Avec Privilege du Roy.

A

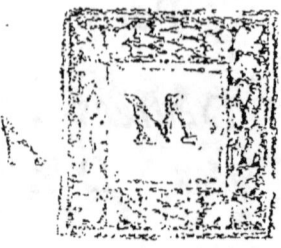

A

MADAME

LA

DAVPHINE.

ADAME,

Comme la Coûtume uni-
verselle oblige de consacrer à

EPISTRE.

Dieu & de mettre entre les mains des Souverains, les premiers fruits que la Terre produit, I'ay pris la liberté de vous presenter, MA-DAME, ces Leçons Royales, qui sont les premieres productions de mon esprit, afin que portans en teste Vostre Auguste Nom, elles soient receuës favora-blement de toutes les personnes de qualité, qui ont de l'inclination pour la Peintu-re en Mignature : Les personnes vulgaires ne seront pas moins obligées d'avoir

agreables ces Leçons, puis-
qu'elles les aideront à faire
des Couronnes de Fleurs
pour couronner le Portrait
de Vostre Personne Royale,
& luy rendre les honneurs
immortels qui luy sont dûs;
Comme aussi pour marquer
le profond respect & le zele
ardent que j'ay pour la gloi-
re & la conservation de
Vostre Personne Royale,
dont je suis,

MADAME,

La trés humble, trés-obeïssante &
trés-fidelle servante.
CATHERINE PERROT.

PREFACE.

E Livre ne contenant
que des Leçons, vous
n'y trouverez ny la
délicatesse du discours
ny la justesse des Pe-
riodes, & si je n'avois
esté forcée par les prieres des personnes de la premiere qualité, pour
lesquelles j'ay toûjours eu un profond respect de les produire, je
n'aurois pas mise ces Explications
au jour, Mais la passion que j'ay de
rendre service au Public, & de luy
faire part des connoissances que j'ay
acquises par le long exercice que
j'ay fait de la Peinture en Mignature, qui m'a procuré l'honneur &

PREFACE.

L'avantage d'enseigner cette Noble Science à très-haute, très-puissante & très-vertueuse Princesse, Marie-Loüise Dorleans Reyne d'Espagne, & d'estre receuë Academiste par Messieurs de l'Académie Royale de la Peinture & Sculpture, m'a fait passer sur toutes considerations. Quoy-que Monsieur Robert ne soit pas le seul Fleuriste qui ait excellé, neanmoins j'ay toûjours eu plus de penchant pour ses Ouvrages, que pour ceux de Baptiste de la Fleur & autres, non-pas parce que j'ay esté son Eléve, mais parce que tous ses Ouvrages sont beaucoup plus naturels; s'estant attaché tellement à la nature, que soit que l'on examine une Fleur, soit que l'on considere un Oyseau dans ses Livres, l'on y trouve le naturel de l'un & de l'autre si bien representé par son dessein, que la nature ne peut pas mieux faire; il ne reste pour la perfection

PREFACE

de ce deſſein que de bien nuancer les couleurs, dont les Fleurs & les Oyſeaux qui ſont expliquez dans ce Livre doivent eſtre peints ; vous trouverez dans ce Livre de quoy ſatisfaire à voſtre inclination, & j'eſpere que ces Leçons qui ont eſté agreables aux perſonnes de la premiere qualité, à qui j'ay eu l'honneur de les faire, ſeront receuës de vous de bonne part.

Privilege du Roy.

LOUIS par la grace de Dieu, Roy de France & de Navarre, A nos Amez & Feaux Conseillers, les Gens tenans Nos Cours de Parlement, Maistres Ordinaires de Nostre Hostel, Baillifs, Seneschaux, Prevost, leurs Lieutenans, & tous autres Nos Justiciers & Officiers qu'il appartiendra ; SALUT. Nostre Amée Catherine Perrot, Peintre Academiste, femme de Claude Horry Notaire Apostolique de l'Archevesché de Paris, Nous a fait remonstrer, qu'elle a reduites *les Leçons Royales*, qu'elle a eue l'honneur de faire à Nostre Trés-Chere Niepce la Reyne d'Espagne, en l'explication *de deux Livres d'Estempes*, gravées par feu Nicolas Robert Fleuriste, qui se vendent chez Fr. Poilly ruë Saint Jacques à l'Image Saint Benoist, composez de trënte-une feüille chacun ; l'un de Fleurs, & l'autre d'Oyseaux, pour apprendre au Public à peindre *au naturel* les *Fleurs* & les *Oyseaux*, dont elle a composé un Livre intitulé, *Les Leçons Royales, ou la manière de peindre au naturel en Mignature les Fleurs & les Oyseaux, par l'Explication desdits Livres de Robert*, qu'elle a dédié à Nôtre Très-Chere fille la Dauphine, & désireroit le faire imprimer, si elle avoit sur ce Nos Lettres necessaires, qu'elle Nous a suppliée humblement luy vouloir accorder. A CES CAUSES, désirans traiter favorablement ladite Exposante, Nous luy avons permis & octroyé de nostre grace speciale, pleine puissance & autorité Royale, permettons & accordons de faire imprimer ledit Livre en tel volume & caractere qu'elle voudra, pour le mettre en vente & distribuer; & ce durant le temps de six années, à commencer du jour qu'il sera achevé d'imprimer, avec deffenses à tous Imprimeurs, Libraires, tant de nos Sujets qu'Estrangers, & toutes autres personnes de quelque qualité qu'elles soient, d'imprimer ny vendre, ou faire vendre ledit Livre durant ledit temps, sans le consentement de ladite Exposante, ou de ceux qui auront droit d'elle, à peine de cinq cens livres d'amende, applicable moitié à ladite Exposante, ou à ceux qui auront droit d'elle, l'autre, à l'Hostel-Dieu de Paris, confiscation des Exemplaires & de tous dépens, dommages & interest ; à la charge d'en mettre deux Exemplaires en nostre Bibliotecque publique, & un dans celle de Nostre Trés-Cher & Feal le sieur le Tellier, Chancelier & Garde des Sceaux de France, avant que de les exposer en vente, à peine de nullité du présent Privilège ; Si vous mandons & ordonnons que vous fassiez, souffriez & laissiez joüir ladite Exposante & ceux qui auront droit & pouvoir d'elle, pleinement & paisiblement, à ce faire souffrir & obeïr tous ceux qu'il appartiendra, nonobstant oppositions ou appellations quelconques; Voulons qu'en mettant à la fin ou au commencement dudit Livre l'Extrait de ces Présentes, elles soient tenuës pour deuëment signifiées, & qu'aux Coppies d'icelles collationnées par un de Nos Amez & Feaux Conseillers Secretaires, foy soit adjoûtée comme au présent Original, nonobstant clameur de Haro, Charte Normande prise à partie, ou autre chose à ce contraire. DONNÉ à Paris le dixiéme

Septembre, l'An mil six cens quatre-vingt-cinq, & de noftre Regne le quarante-troifiéme. Signé par le Roy NOBLET. Et fcellé du grand Sceau de Cire jaune.

Regiftré fur le Livre de la Communauté, le onziéme Decembre 1685.
Signé ANGOT Syndic.

Achevé d'imprimer pour la premiere fois le premier Janvier 1686. Les Exemplaires ont efté fournis.

Et ladite Damoifelle Horry a cedé & tranfporté fon Privilege à Nego, fuivant le Traité fait entre eux.

LES LEÇONS

ROYALES.

Ou la maniere de peindre en Mignature au naturel, les Fleurs & les Oyseaux, par l'explication des Livres de Fleurs & d'Oyseaux, de feu Nicolas Robert Fleuriste.

POUR peindre les Fleurs & les Oyseaux, il faut observer leur naturel; Et pour bien réüssir, vous ne pouvez prendre de meilleures Exemples

A

que les Eſtampes de Nicolas
Robert, qui ſe vendent à Paris
chez François Poilly, ruë S.
Jacques à l'Jmage S. Benoiſt.
Ses deux Livres ſont compo-
ſez de trente-une feüilles chacun, qui ſont expliquez dans
le preſent Livre. Il a fait encore trois autres Livres ; Sçavoir deux où ſont des Bou-
quets, des Vaſes & des Couronnes , de Fleurs ; Et le
troiſiéme de differends Oyſeaux, qui ſe vendent auſſi ruë
S. Jacques, chez la Veuve Van-
merle à la Ville d'Anvers, pour
leſquels peindre ce Livre ne
vous ſera pas d'un petit ſecours.

　　Mais comme ce Livre n'eſt

pas feulement pour les perfonnes qui ont quelque commencement de Peinture ; Mais encore pour ceux qui ont peu ou
point du tout de connoiffance
de ce noble Art ; Afin de rendre ce Livre util à tout le mon-
de , avant que d'entrer dans
l'explication des deux Livres
de Robert cy-deffus marquez;
J'ay jugé qu'il feroit util de
donner les avis neceffaires
pour peindre en Mignature
toutes les Eftampes de ces
deux Livres qui fe vendent
chez Poilly en cette maniere.

Si vous ne fçavez pas deffei-
gner, vous frotterez le deffous
ou envers de l'Eftampe ou def-

fein que vous voulez peindre
en Mignature de mine de
plomd, de fanguine, de pierre
noire ou de fufin; Aprés quoy
vous pafferez legerement une
mie de pain deffus l'envers que
vous avez frotté, afin qu'il ne
refte point de poudre noir qui
puiffe gafter voftre Veflin, &
poferez voftre Eftampe ou deffein du côté qui fera frotté de
rouge ou de noir fur vôtre Veflin, que vous attacherez deffus avec quelque Efpingle afin
qu'il ne varie; Enfuite dequoy
vous tirerez avec la pointe d'argent tous les principaux traits
de voftre Eftampe ou deffein,
& aprés que vous l'aurez ofté

de deſſus voſtre Veſlin , vous
repaſſerez la pointe d'argent
ſur tous vos traits , crainte que
voſtre deſſein ne s'efface , cette
maniere ſe nomme calquer , &
la ſuivante poncer.

Vous pouvez auſſi piquer
l'Eſtampe ou deſſein que vous
voulez peindre avec une pointe
d'Aiguille fort fine , aprés quoy
vous poſerez voſtre Eſtampe
ou deſſein ſur voſtre Veſlin , &
paſſerez pardeſſus la ponce qui
ſe fait de charbon bien ſec ré-
duit en poudre , que l'on en-
ferme dans un linge un peu fin,
& vous vous ſervirez de la
pointe d'argent pour marquer
ſur voſtre Veſlin tous les traits

que voftre ponce aura formée,
& enfuitte d'une mie de pain
que vous paſſerez doucement
pardeſſus, pour empeſcher que
vôtre Veſlin ne ſoit noirci par
cette poudre de charbon.

Avant que poſer vôtre Eſ-
tampe ou deſſein ſur vôtre Veſlin, ſoit pour calquer, ſoit pour
poncer, il faut que vôtre Veſlin ſoit tendu bien uni ſur un
fonds de bois dur & ſec, comme de Cheſne, Poirier ou autre bois, afin que vôtre Veſlin ou plûtoſt le Tableau que
vous auriez fait, ne ſe tour-
mente point & ne ſoit point
en danger d'eſtre caſſé.

Pour bien tendre vôtre Veſ-

lin & le tenir propre , vous
prendrez un linge blanc bien
fec que vous étendrez bien
uniment fur une Table , fur lequel vous poferez vôtre Veflin par le bel endroit , aprés
avoir frotté l'envers de vôtre
Veflin avec un linge ou une
éponge trempée dans l'eau ,
aprés quoy vous poferez vôtre
fond fur l'envers de vôtre Veflin ; Si vôtre fond n'eft pas
blanchi , vous mettrez entre
vôtre Veflin & vôtre ais ou
fond de bois, un papier de la
grandeur de vôtre ais ; Si vôtre
fond eft blanchi , il ne faut
point de papier , vous couperez vôtre Veflin un doigt plus

large tout au tour que le fond,
ſur lequel vous le voulez poſer,
& colerez par le derriere de vôtre fond le doigt de Veſlin qui
debordera tout au tour de vôtre fond ; Il ne faut point mettre de colle ny d'empois ſur le
Veſlin qui couvre vôtre fond ;
mais ſeulement ſur ce doigt de
bord qu'il faut reſerver pour
cela, afin que vôtre Veſlin ſoit
tendu bien uni ſur vôtre fond,
il faut couper vôtre Veſlin dans
les coins, afin qu'ils ſe puiſſent
coler les uns ſur les autres.

Si vous voulez avoir des
fonds blanchis qui ne ſe tour-
mentent point, & conſervent
la blancheur de vôtre Veſlin,

il faut vous adreſſer à la Femme de Michard Ebeniſte, demeurant à l'entrée du Faux-bourg S. Victor, elle a le ſecret de les blanchir auſſi-bien que la Martiale.

Il faut pour choiſir de bon Vélin, qu'il ſoit bien blanc, bien uni & bien doux à la main, & qu'il ne ſoit point velu; Vous en trouverez de bon ruë de la Parcheminerie chez le nommé Dargonne, qui eſt au coin de la ruë Bourdebrie.

Si vous voulez conſerver vôtre Ouvrage propre, il faut le couvrir de papier, que vous colerez par le derriere de vôtre ais ou fond, & ne laiſſer découvert que l'endroit où vous travaillerez, ou faire un sac de papier où vôtre Ouvrage puisse entrer & sortir commodement.

Quand vôtre Ouvrage sera fini, pour ne point attendre aprés une bordure, il ne faut point faire de Tableaux que sur des fonds de mesure, pour ce faire, il faut demander à des Marchands des fonds demesure de differentes grandeurs, & en ce faisant vous pourrez embordurer vos Tableaux aussi tost qu'ils seront finis ; Parce que vous trouverez des bordures propres chez les Marchands.

Pour conſerver vos Ouvra-
ges long-temps & les empeſcher de ſe gâter , il y faut
mettre un verre blanc ; Vous
en trouverez de tres blanc chez
Pougeois Maiſtre Vitrier, demeurant à l'entrée de la vielle
ruë du Temple à main gauche,
en entrant par la ruë Saint An-
toine.

En peignant , ſi vos cou-
leurs ne prennent pas ſur vôtre
Veſlin, parce qu'il s'engraiſſe,
vous mettrez un peu d'amer de
Carpe dans l'eau , dont vous
vous ſervez pour détremper
vos couleurs ; A cét effet , il
faut avoir de l'amer de Carpe
dans un petit godet.

Pour connoiftre un bon Pinceau , il faut qu'il ne faffe qu'une pointe l'ors que l'on le trempe dans l'eau ; Poyart qui demeure au coin de la ruë de Joüy chez la Dame Regnard, vis-à-vis l'Enfeigne du Cocquard fait les meilleurs.

Les couleurs dont on fe fert en Mignature, fe trouvent toutes ruës Grenetal à la Cornemufe , prés S. Nicolas des Champs , chez la veuve Foubert.

Il ne faut que les couleurs fuivantes pour quelque Mignature que ce foit.

Du Carmin beau.
De L'outremer.

De

Du Vermillon.

De la pierre de fiel.

De la Laque liquide.

De la Mine.

Du Stil de grain jaune & pasle.

Du brun rouge.

Du blanc de plomb tres fin.

De la Terre d'ombre.

Des Cendres vertes & bleuës d'Angleterre.

De la Gomme gutte.

De l'Inde.

De l'Outremer d'Hollande.

Du Macicot jaune & pâle.

Du Verd d'Iris.

Du Verd de Montagne.

De l'Encre de la Chine.

B

Du Carmin brun.
L'or & l'argent en Coquille.

*Toutes ces Couleurs se délayent
avec de l'eau de Gomme Arabique , dans des Coquilles qui
s'acheptent dans le mesme endroit
que les Couleurs.*

Vous pouvez aussi les dé-
layer dans des Coquilles d'y-
voire qui se font par les Table-
tiers, il les faut faire faire de la
largeur d'un écu , & avoir une
boëte d'yvoir ou de bois pour
les enfermer ; Si vous ne voulez pas faire la dépense d'une
boëte d'yvoir , vous en trouverez de bois propres chez les
Layetiers.

Si vous voulez avoir des Coquilles d'yvoir bien propres
avec leur boëte, vous les fairez
faire par Veillard Tabletier,
qui a sa boutique à l'entrée du
Pont l'Hostel-Dieu, en entrant par le costé de l'Archevesché qui conduit audit Pont.

Pour faire vostre Eau gommée, il faut achepter une fiole
de verre tenant un verre d'eau,
& mettre dedans le verre d'eau
gros comme une noix de gomme Arabique en poudre que
vous laisserez fondre ; Cette
gomme s'achepte chez les Es-
piciers, vous choisirez la plus
blanche & la plus claire, parce
que la jaune gaste les Couleurs.

B ij

Vous couvrirez voſtre fiole d'un morceau de parchemin, dans lequel vous fairez un trou pour y paſſer une plume, dont vous couperez le bout du taillant en rond, de laquelle vous vous ſervirez pour mettre de l'eau gommée dans vos Couleurs.

Pour gommer vos Couleurs, vous mettrez une petite quantité de la Couleur que vous voulez delayer dans une de vos Coquilles, & prendrez voſtre plume pour verſer dedans quelques goutes de voſtre eau gommée, & avec voſtre doigt vous frotterez fortement vôtre couleur contre voſtre Coquille,

afin que voftre couleur fe délaye le plus uniment que faire
ce pourra.

Il vous faut encore avoir un
petit pot de faillance rempli
d'eau claire pour vous fervir à
délayer vos Couleurs , les mé-
langer & laver vos Pinceaux.

Ce Livre eftant fait plûtoft
pour les perfonnes , qui ont
peu ou point du tout de connoiffance de ce Noble Art, que
pour celles qui y ont acquifes
quelque degré de perfection,
il eftoit abfolument neceffaire
de mettre ces avis à la tefte de
ce Livre pour le leur rendre fa-
milier & pratiquable.

Dans la premiere feüille du

Livre de Fleurs de feu Nicolas
Robert, le plus excellent Fleuriste qui ait paru jusques à present, est une Couronne de
Fleurs à la teste, de laquelle est
une Imperiale; Cette Fleur est
de couleur Orangé; Vous l'é-
baucherez d'une eau de gomme-gutte fort claire, & l'om-
brerez pardessus vostre ébauche avec de la Mine par traits,
du sens qu'ils sont marquez
dans cette Fleur, & pour finir
vostre Fleur dans les ombres les
plus forts, vous prendrez du
Carmin pur; La graine de cette Fleur est feüille morte; Elle
s'ébauche d'une eau de gomme-gutte fort claire, & se rembrunit avec un peu de gomme,

gutte & de pierre de fiel mélez
enfemble ; Les autres Fleurs
dont cette Couronne eft com-
pofée , font expliquées dans les
feüilles fuivantes.

La deuxiéme renferme deux
Fleurs ; Sçavoir un Oeüillet &
fon bouton couleur de feu panaché , & une Fleur de Guimauve avec fes boutons couleur de gridelin.

Vous obferverez pour peindre ces Fleurs comme toutes
les fuivantes, le fens des traits
de vos Fleurs pour les imiter,
les jours & les ombres d'icelles,
& pour reüffir , il faut que dans
les jours ou clairs de vos Fleurs,
voftre coloris foit plus tendre

que dans les ombres; La pratique vous rendra cét advis palpable & sensible.

Pour peindre vostre Oeüillet panaché, vous en ébaucherez les Panaches d'une eau de Carmin fort claire, & les rembrunirez petit à petit d'une eau un peu plus forte par traits ; Le surplus de vostre Oeüillet se peint d'une eau d'Encre de la Chine fort claire, mêlée d'un peu d'Inde, & pour les blancs, il faut observer la blancheur de vostre Vélin.

Vous ébaucherez le verd de vostre Oeüillet avec du Stil de grain mélé avec un peu d'Outremer d'Hollande , &

le finirez de verd d'Iris.

La Fleur de Guimauve vous l'ébaucherez avec du Carmin, de la Laque & un peu de blanc de plomb meslé ensemble, ce qui fait un gridelin pâle, & finirez avec du Carmin & de la Laque aussi meslez ensemble, qui font un gridelin vif ; Les boutons s'ébauchent & se finissent de la mesme maniere.

La graine de cette Fleur est verte, & s'ebauche & se finit comme le verd de sa tige & de ses feüilles ; Sçavoir pour l'ébauche de verd de Montagne tout pur, & pour finir de verd d'Iris.

La troisiéme contient trois

Anemones simples de couleur gridelin à graines noires ; Vous les ébaucherez avec un peu de Laque d'Outremer & tres peu de blanc, & les finirez avec la Laque & l'Outremer meslez ensemble ; Pour la graine vous prendrez une eau d'Encre de la Chine meslée avec de l'Inde fort claire, & rembrunirez avec de l'Encre de la Chine pure.

Les queuës font de couleur gridelin fale ; Vous les ébaucherez de Laque & de verd meslez ensemble, & les finirez de la mesme couleur.

Le verd vous l'ébaucherez de verd de Montagne, meslé avec un peu de blanc de plomb, &

le finirez de verd d'Iris.

La quatriéme renferme deux Fleurs ; Sçavoir l'Anemone dite la l'Armoyée Fleur panachée couleur de feu, & le Lis de Montagne couleur Orangé.

L'Anemone s'ébauche d'un eau de Carmin fort claire dans les Panaches, & se rembrunit de Carmin petit à petit. Dans les jours de vos Panaches vous reserverez la blancheur de vôtre Vélin sans y mettre aucun blanc. Pour les coups tendres vous les devez faire avec une eau d'Encre de la Chine fort claire, meslé d'un peu d'Inde comme à l'Oeüillet, expliqué en la seconde feüille.

La graine est d'un gridelin vif, elle s'ébauche de Laque d'Outremer & de fort peu de blanc, & se finit de Laque & de Carmin meslé ensemble. La graine du milieu est de Carmin clair; Elle s'ébauche d'une eau de Carmin fort claire, & se rembrunit de Carmin pur, la queuë de cette Anemone, & les feüilles se peignent comme celles des Anemones simples, expliquez dans la feüille troisiéme.

Pour conserver la Laque liquide, il faut remplir de temps en temps la petite Fiole ou elle sera d'eau claire par dessus le mare, par ce qu'on ne peut

se

se servir de cette Couleur lors
quelle est seiche.

Le Lys de Montagne s'ébauche d'une eau de gomme-gutte
fort claire & sombre de mine,
& dans les ombres les plus forts
deCarmin pur, les petits points
qui sont sur les feüilles se font
de Carmin brun. La graine est
de mesme couleur que la fleur.
Le verd de cette fleur se peint
comme celuy de l'Oeüillet
expliqué dans la deuxiéme
feüille.

La cinquiéme renferme l'o-
reille d'Ours.

Cette Fleur est gridelin, &
le milieu d'icelle qui est un Es-
toille est jaune. Pour l'ébau-

C

cher , il faut prendre un peu
de blanc meſlé de Laque , &
pour finir la Laque ſeule l'Eſ-
toille du milieu s'ébauche de
Gomme-gutte fort paſle, & ſe
rembrunit de la meſme couleur plus forte.

La queuë & les feüilles s'é-
bauchent de verd de Montagne , & ſe finiſſent de verd
d'Iris.

Il y a de ces Fleurs de trois
Couleurs diferentes, dont celle
cy-deſſus eſt la premiere.

La ſeconde de couleur de
Citron, qui s'ébauche de Macicot paſle, & ſe rembrunit de
gomme-gutte fort claire.

La troiſiéme eſt blanche,

Elle s'ébauche d'une eau d'Encre de la Chine mélé avec un
peu d'Inde , qui doit estre si
claire , qu'à peine on la puisse
voir dans les plus grands jours
de la Fleur, où il faut observer
la blancheur de vostre Vélin,
sans y mettre aucun blanc , &
pour rembrunir , de l'eau , de
l'Encre de la Chine meslée
avec peu d'Inde , comme cy-
devant un peu plus forte.

Vous remarquerez qu'à toutes ces Fleurs, l'Etoille du milieu est toûjours jaune , & se
peint comme il est marqué cy.
dessus.

Sur cette Fleur est un Papillon , dont le fond est d'argent,

les marques noires , & celles qui font fur les aifles de cou-leur feüille-morte , & le corps de terre d'Ombre. Pour le fond du Papillon , il faut pren-dre de l'argent en Coquille, pour le noire , de l'Encre de la Chine , & pour l'ébauche de la couleur de feüille morte, prendre de la gomme-gutte & pierre de Fiel meflez enfemble, & pour finir de la pierre de fiel feule.

La fixiéme , contient deux fortes de Campanelles.

La premiere à feüille d'Or-tie eft gridelin ; Elle s'ébau-che de Laque & d'Outremer meflez enfemble fort claire,

plus de Laque que d'Outremer pour faire le mélange, &
se finit de la mesme couleur
plus forte que pour l'ébauche.

La seconde, est d'un gridelin differend du premier estant
plus clair ; Dans le mélange il
faut mettre plus d'Outremer
que de la Laque.

La graine de ces Fleurs est
d'vn jaune vif ; Elle s'ébauche
degóme-gutte un peu épaisse,
& se finit de pierre de Fiel &
un peu de Carmin mélez ensemble.

Les queuës & les feüilles
font vertes ; Elles s'ébauchent
de verd de Montagne, & se finissent de verd d'Iris ; Il faut

obſerver tous les traits qui ſont ſur les feüilles, & les marquer d'un verd foncé.

La ſeptiéme, contient trois Fleurs, Laublifoin autrement Barbeau, le Colchique & le Crocus.

Laublifoin ou Barbeau eſt bleu; Pour l'ébauche de l'Outremer pâle, & pour finir de l'Outremer un peu plus foncé. La graine eſt jaune; Elle s'ébauche de gomme-gutte & ſe finit de pierre de Fiel mélée de Gomme-gutte.

Le Colchique tire ſur le gridelin; Il s'ébauche avec de la Laque, du Carmin & du blanc mélez enſemble, & ſe finit de

Laque & de Carmin auſſi mélé
enſemble.

Le Crocus eſt blanc ; Il s'é-
bauche avec une eau d'Encre
de la Chine fort claire , & ſe
finit d'Encre de la Chine vn
peu plus forte.

Le verd de ces trois Fleurs
s'ébauche de verd de Montagne & ſe finit de verd d'Iris.

La Sauterelle s'ébauche d'or
en Coquille, ſe rembrunit de
verd d'Iris, dans les plus forts
traits le verd un peu plus foncé. Les pieds s'ébauchent de
terre d'Ombre avec un peu de
blanc , & s'ombrent avec de
l'Encre de la Chine & de la
terre d'Ombre mélez enſemble.

La Chenille s'ébauche de verd jaune, qui se fait avec un peu de Cendres bleux & du Stil de grain. Les ombres du corps & des rayons dessus le dos se font avec de l'Outre-mer pur, l'œil se fait d'Encre de la Chine & le point de l'œil avec de l'argent en Co-quille.

La huitiéme, renferme deux Fleurs & un bouton; Sçavoir le Soucy sauvage & une Tulippe panachée.

Le Soucy sauvage est blanc, la graine jaune, & se peint comme l'oreille d'Ours blan-che, contenuë dans la feüille cinquiéme. Le bouton est de

mesme couleur que la fleur, à
l'exception des trois petites
feüilles de dessous qui sont
vertes ; Il y en a aussi de jaunes.

La Tulippe est panachée, le
milieu des panaches est gridelin ; Elle s'ébauche d'Outremer, de Laque, & un peu de
blanc mélé ensemble, & se
finit avec l'Outremer & Laque
seuls mélez ensemble. Le tour
des panaches est de Carmin,
pur, le verd s'ébauche de verd
de Montagne, & se fait de
verd d'Iris.

La Sauterelle est de couleur
feüille morte ; Elle s'ébauche
de Gomme-gutte fort claire, &
se rembrunit de pierre de Fiel

& de terre d'Ombre mélez enfemble. Les cornes font d'Outremer & les petites bouteilles
jaunes. Les pieds font de mefme couleur que le corps. La
Terraffe s'ébauche de verd de
Montagne & s'ombre avec un
peu d'Inde & de Stil de grain
mélez enfemble.

La neufviéme, contient la
Fleur d'Helebore noire.

L'extremité des feüilles de
cette Fleur eft noire, & le milieu eft verd, la graine jaune,
quand la feüille eft ouverte
elle eft blanche ; Elle s'ébauche de Stil de grain avec un
peu de verd d'Iris mélez enfemble, & s'ombre de verd

d'Iris. Le noir se fait d'Encre de la Chine, la graine s'ébauche de gomme-gutte & de pierre de Fiel mélez ensemble, & se finit de verd d'Iris.

La dixiéme, contient une branche d'Hellebore blanc, la graine noire; Elle s'ébauche d'une eau d'Encre de la Chine fort claire pour teindre un peu le Vélin en observant la blancheur de vostre Vélin pour les jours, & se rembrunit d'une eau d'Encre de la Chine un peu plus forte, la graine d'Encre de la Chine pure; Le verd s'ébauche de verd de Montagne, & s'ombre de verd d'Iris.

L'onziéme, contient une

Fleure d'Hellebore, Pavot &
des Fleurs de Bouroche.

La fleure d'Hellebore eſt
noire; Elle s'ébauche d'Encre
de la Chine, & ſe finit avec la
meſme couleur pure.

Le Pavot eſt jaune, s'ébauche
de Gomme-gutte fort claire,
s'ombre de Gomme-gutte plus
forte, dans les plus bruns ſe
rembrunit avec de la pierre de
Fiel ; Le gros de la graine
s'ébauche auſſi de Gomme-
gutte, & s'ombre avec un peu
de verd d'Iris, & l'autre petite
graine eſt violette & s'ébauche de Laque & d'Outremer
mélez enſemble fort claire, &
ſe rembrunit avec la meſme
couleur plus foncée.   Les

Les Pavots doubles font couleur de feu violet & gridelin,
Les couleurs de feu s'éba ı-
chent d'une eau de Carmin
mélée de Vermillon , & fe finiffent de Carmin pur ; Ceux
de couleur violet & gridelin,
fe peignent comme les Fleurs
de mefme couleur cy-devant
expliquées.

La fleur de Bouroche eft
bleuë , s'ébauche d'eau d'Outremer fort claire , & fe rembrunit par traits petit à petit
avec l'Outremer pur, La graine
la plus longue qui eft faite en
pointe eft noire ; Elle s'ébauche d'Encre de la Chine & fe
rembrunit avec la mefme cou-

D

leur pur; Celle qui eſt pardeſſus eſt rouge, s'ébauche d'eau
de Carmin fort claire , &
ſe rembrunit avec le Carmin
pur.

Le verd de toutes ces Fleurs
s'ébauche avec du verd de
Montagne & s'ombre de verd
d'Iris.

La douziéme , contient une
branche d'Hyacinte blanche,
ſébauche d'une eau de gomme gutte fort claire , qui ne
ſert qu'à teindre le Vélin , &
ſe rembrunit avec de l'eau
d'Encre de la Chine auſſi tres-
claire, obſervant voſtre Vélin
pour les grands jours ſans y
mettre de blanc.

La queuë est d'une couleur
rougeâte ; Elle s'ébauche d'une
eau de verd de Montagne fort
claire , & se rembrunit avec
un peu de verd d'Iris mélé avec
un peu de Carmin.

Le verd des feüilles s'ébauche de verd de Montagne mélé avec un peu de gomme-
gutte tres claire , & se rembrunit d'une eau de verd d'Iris.

Le verd d'Iris estant le prin-
cipal verd qui s'employe dans
la mignature & le plus cher;
Pour vous le rendre commode
& sans beaucoup de dépense,
vous aurez soin au comman-
cement du mois de May, d'a-
chepter des Fleurs d'Iris à la

Vallée ou à la Halle pour tel prix que vous voudrez , fui-vant la quantité que vous vou-drez avoir de Coquilles ; Vous choifirez un temps fec pour expofer vos Coquilles rem-plies à l'air.

Pour faire voftre verd d'Iris, il faut prendre feulement les feüilles de toutes le Fleurs, & les piler dans un Mortier de pierre , marbre ou de fonte, mettre dans un linge neuf lef-dites Fleurs pilées , & l'eau qui en fortira la mettre dans un Baffin de faillance , & dans cette eau méler s'il y a la quan-tité d'une pinte , gros comme une noix d'Alun en poudre, &

anffi-toft que l'Alun fera fon-
du, vous mettrez cet eau dans
des Coquilles neuves que vous
emplirez toutes pleines & les
expoferez au Soleil , & les re-
muerez de temps en temps à
mefure qu'elles feicheront.
Vous les pouvez remplir jufques à trois fois , & les remue-
rez auffi de temps à autre , &
quand elles feront bien fei-
ches , vous les laifferez dans
un lieu bien fec , & à l'air pen-
dant un mois pour empefcher
qu'elles ne moififfent, & aprés
ce temps vous les pourrez fer-
rer. Si quelque temps a prés
elles venoient à moifir, pour
ofter la moififfure & les em-

D iij

pescher de se gâter entierement , vous les froterez avec
le doigt en prenant un peu de
voſtre ſalive , & les laiſſerez à
l'air un jour ou deux. Si-toſt
que voſtre verd ſera ſec , vous
pourrez vous en ſervir.

La treiziéme feüille ren-
ferme une branche de Hya-
ceinte double, & la Poivrette
nommee en Latin *Nigella.*

La fleur d'Hyacinte eſt bleue;
Elle s'ébauche d'une eau d'Outremer extremement claire , &
ſe rembrunit petit à petit avec
l'Outremer pur , la queuë ſe
peint comme celle de la Hyaceinte blanche , de la feüille
douziéme precedente.

La Poivrette dite en Latin
Nigella eſt blanche ; Elle ſe
peint comme la Hyaceinte
blanche cy deſſus ; La graine
eſt jaune & s'ébauche de gomme gutte , ſe rembrunit de
pierre de Fiel , les petites feüilles vertes qui ſont autour & la
queuë ſont vertes ; Elles s'é-
bauchent d'une eauë de verd
d'Iris fort claire , & ſe rembruniſſent d'une eauë du meſme
verd un peu plus forte.

La quatorziéme contient
une Fleur d'Iris & une Tulippe
panachée.

Les trois groſſes feüilles de
cette Fleur d'Iris ſont bleuës,
s'ébauchent d'Outremer fort

claire, se rembruniſſent d'Outremer pur. Dans les plus fortes
ombres, on peut mêler un peu
d'Inde avec l'Outremer. Les
trois feüilles pointuës qui ſont
dans le milieu ſont de couleur
de chair, & s'ébauchent d'une
eau de Carmin mêlée avec un
peu de Laque fort claire, &
ſe finiſſent d'un peu de Carmin
pur fort doux: Les deux grandes feüilles d'enbas ſont de
couleur cramoiſi, autrement
colombin ; Elles s'ébauchent
d'un eau de Laque fort claire,
& ſe finiſſent de Laque & de
Carmin mêlez enſemble. Les
filets qui ſont deſſus ſe font
de la meſme couleur un peu

plus brune, la graine est jaune ; Elle s'ébauche de Gomme-gutte bien foncée , & se
pointille de Carmin, la pointe
du bouton est bluâtre , s'é-
bauche & se finit comme les
trois premieres feüilles de la
Fleur.

Les feüilles qui enferment
la queuë, tant de la Fleur que
du bouton, sont comme une
petite toille de foye rouceastre;
Elles s'ébauchent de Gomme-
gutte fort claire, & se finissent
d'un peu de terre d'Ombre, le
verd des feüilles est d'un verd
gay ; Il s'ébauche d'un verd de
Montagne fort claire , & se
rembrunit de verd d'Iris tout

le plus vif, c'eſt-à-dire qu'il ne ſoit point jaune.

La Tulippe eſt panachée; Elle s'ébauche dans les Pana- ches d'une eau de Carmin, & ſe rembrunit peu à peu de Carmin un peu plus fort dans les plus grands bruns, ſe don- nent des coups de Carmin brun un peu plus forts aux endroits les plus foncez, tout le reſte de la Tulippe ſe fait par traits fort fins avec une eau d'Encre de la Chine fort claire, obſervant la blancheur de voſtre Vélin, où il n'y a point de petits traits.

La queuë eſt d'un verd jaune; Elle s'ébauche de Gomme- gutte mélée avec un peu de verd de Montagne, & se rembrunit d'une eau de verd d'Iris fort tendre, les feüilles s'ébauchent d'un verd de Montagne fort claire, & se finissent avec un peu de verd d'Iris.

La quinziéme feüille contient une tige de Lys de Perse.

Cette Fleur est Orangé; Elle s'ébauche de Gommegutte fort claire, & s'adoucit avec de la mine par traits, & se rembrunit aussi par traits dans les endroits les plus forts avec du Carmin, pur sur les feüilles les plus éclairées avec une eau de Carmin.

La Tige est gridelin; Elle s'ébauche d'Outremer & de

Laque meſlé enſemble fort clair, & ſe finit de la meſme couleur plus forte.

Les petites queuës des Fleurs ſont de meſme que les Fleurs, les feüilles ſont de verd pâle; Elles s'ébauchent d'une eau de verd de Montagne, & ſe finiſſent d'un peu de verd d'Iris mélé avec le verd de Montagne.

Le Gladieul qui eſt une Fleur des Indes ſe peint de meſme.

La ſeiziéme contient une branche de Lys de Montagne couleur de Pourpre, une branche de Campanelle gridelin, & une branche de Violettes de Montagne. Le

Le Lys de Montagne cou-
leur de Pourpre , s'ébauche
d'une eau de Laque de Carmin
& un peu de terre d'Ombre
mélez enſemble fort claire , &
& ſe rembrunit des trois meſmes couleurs mélangez , les
points de deſſus ſe font du plus
brun de ce mélange , le bouton du Lys ſe fait comme la
Fleur.

La queuë s'ébauche de verd
de Montagne, & s'ombre de
la meſme couleur que la Fleur,
& les petits points qui ſont
deſſus ſe font comme ceux de
la Fleur , les feüilles ſont d'un
verd fort brun , l'ébauche ſe
fait de verd de Montagne , &

E

se rembrunit de verd d'Iris un peu brun.

Les Campanelles qui sont de couleur de gridelin, s'ébauchent d'une eau de Laque, & d'Outremer mélez ensemble fort claire, & se finissent de la mesme couleur un peu plus forte.

La graine de la Fleur est jaune, s'ébauche d'eau de Gomme-gutte, & se finit de la mesme couleur. La queuë est d'un verd jaune, elle s'ebauhe de Stil de grain & d'Outremer d'Hollande meslez ensemble fort claire, & se rembrunit de Verd d'Iris.

La Violette s'ébauche de

mefme que les Campanelles,
en y mettant plus d'Outremer
que de Laque, & fe finit du
mefme meflange.

Le verd des Violettes & des
Campanelles eft femblable.

Le petit ruban qui nouë
ces Fleurs fe peut faire de
quelle couleur l'on veut, fi
vous le faite bleuë, vous l'é-
baucherez d'eau d'Outremer
& le finirez petit-à-petit de la
mefme couleur un peu plus
forte, dans les ombres de
l'Outremer pur.

Si vous le faite rouge, vous
l'ébaucherez d'eau de Carmin
& le finirez de la mefme couleur un peu plus foncée dans

les ombres de Carmin pur.

Si vous le faite jaune, vous l'é-
baucherez de Macicot, & l'om-
brerez de Gomme-gutte, &
dans les plus grands ombres y
ajoûterez de la Pierre de Fiel.

Si Grifdelin, vous l'ébaucherez d'une eau de Laque &
d'Outremer meflez enfemble,
& le finirez de la mefme couleur un peu plus forte, & dans
les ombres les plus fortes de
l'Inde.

La dix-feptiéme contient
trois Tiges ; fçavoir, une dite
Digitalis, un Lys orangé &
une Tige de Fleurs de Pen-
fée.

La Fleur Digitalis eft jau-

ne , elle s'ébauche de Gomme-gutte, & se finit de Pierre
de Fiel meslée avec de la Gomme-gutte.

La queuë & les boutons se
font de verd jaune, l'ébauche
se fait avec un peu de Stil de
grain meslé avec du verd de
Montagne, & s'ombre de verd
d'Iris.

De cette Fleur il y en a encore, de deux couleurs ; sçavoir Gridelin & Blanche.

La premiere, se peint comme
les Campanelles de la feüille
seiziéme cy-dessus expliquée,
page 50. Et la seconde , se
peint comme la Fleur de Hyacinte blanche de la feüille dou-

E iij

ziéme auſſi cy-devant expliquée page 38.

Les queuës ſont de meſme
couleur que celle de la Fleur
jaune.

Le Lys orangé s'ébauche
de Mine & s'ombre de Car-
min, les petits points qui
ſont deſſus les feüilles de dedans ſe font de Carmin brun.

La Graine eſt jaune, s'é-
bauche de Gomme-gutte, &
ſe rembrunit de Pierre de Fiel
& Gomme-gutte meſlez en-
ſemble.

La queuë s'ébauche de
verd de Montagne, & ſe finit de Verd d'Iris.

Les Fleurs de Penſée ont

cinq feüilles , les deux d'enhaut font toutes violettes, elles s'ébauchent d'Outremer
& de Laque meflez enfemble,
plus d'Outremer que de Laque , & fe finiffent de la même couleur , les trois autres
feüilles font jaunes dans le
milieu , elles s'ébauchent de
Gomme-gutte, & fe finiffent
de la mefme couleur , elles
font bordées de violet, les petits filets qui font deffus font
noires & fe font d'Encre de
la Chine.

Le Verd de la queuë & des
feüilles s'ébauche de Verd de
Montagne, & fe finit de Verd
d'Iris.

La dix-huitiéme, contient deux Lys blancs avec leurs boutons.

Ces Fleurs s'ébauchent d'une eau d'Encre de la Chine, a-vec fort peu d'Inde trés-claire pour teindre seulement vô-tre Veslin, & se finit du mê-me meslange un peu plus fort par traits, en observant le sens des traits de ces Fleurs; il faut observer le mesme pour les Fleurs suivantes & les pre-cedentes; c'est à dire qu'aprés que vous aurez fait voftre é-bauche qui se fait ordinaire-ment d'une couleur fort clai-re pour rembrunir, vous vous servirez de voftre meslange

par traits du fens qu'ils font
formez & gravez dans l'eftempe que vous copiez, obfervant les jours & les bruns qui
font marquez dans vôtre E-
ftempe, & dans les jours vous
fervant d'une couleur plus claire, & dans vos ombres d'une
couleur un peu plus foncée.

La Graine des Lys fe fait
comme celle du Lys orengé,
& le Verd de la queuë auffi
comme le Verd du Lys orengé,
expliqué dans la feüille dix-
fept du prefent Livre page 54.

La dix-neuviéme, renfer-
me un Tige de Fleurs de Mau-
ves qui font de couleur Co-
lombine, autrement de Pour-

pre. Ces Fleurs s'ébauch ent de
Carmin & de Laque meſlez
enſemble, ſe finiſſent des mê-
mes couleurs ainſi meſlangez,
les boutons ſe font de la même couleur un peu plus tendre.

Le Verd eſt fort pâle, il
s'ébauche de Verd de Montagne fort claire, ſe rembrunit
avec un peu de Verd d'Iris
meſlé avec un peu de Carmin,
& de ſes deux couleurs ſe font
les petits points qui font deſſus les queuës & les boutons.

La vingtiéme, contient
trois Tiges de Narciſſes de differentes eſpeces.

Celuy qui a le Godet long

& les deux petits qui font au-
deſſous font de couleur jaune
clair, les Godets s'ébauchent
de Gomme-gutte fort claire
& s'ombrent de Gomme-gut-
te un peu plus forte, & ſe
rembruniſſent de Pierre de
Fiel, les grandes feüilles s'é-
bauchent auſſi de Gomme-
gutte fort claire & ſe finiſſent
de Gomme-gutte meſlée avec
de la Terre d'ombre & un peu
de Pierre de Fiel, le tout fort
clair.

La petite peau qui enclos
ces grandes feüilles ſe fait
d'une eau de terre d'ombre
fort claire, & ſe rembrunit
d'une eau de la meſme cou-

leur un peu plus forte.

Le Narcisse incomparable qui est épanoüy est blanc, & se peint comme les Lys blancs, le Verd des queuës & des feüilles de mesme, comme il est expliqué à la feüille dix-huitiéme page 56.

Le vingt-uniéme, contient une Tige de Narcisse simple, les feüilles sont blanches & le petit Godet de dedans est jaune & la graine, les feüilles se peignent comme les Lys blancs de la feüille dix-huitiéme, page 56. & la graine s'é-bauche de Gomme gutte fort tendre & se rembrunit de mesme couleur.

La

La queuë & les feüilles font
d'un Verd gay fort clair, elles s'ébauchent d'un Verd de
Montagne, & fe finiffent d'un
Verd d'Iris.

La vingt-deuxiéme, con-
tient une Tige de Narciffe
d'Afrique de couleur jaune,
le Godet blanc bordé de rouge & la Graine jaune, les
feüilles de la Fleur s'ébauchent de Macicot pàle, & fe
finiffent de Gomme gutte mélé avec un peu de Pierre de
Fiel, le petit Godet blanc s'é-
bauche d'une eau d'Encre de
la Chine fort claire, & fe finit d'une eau de la mefme couleur un peu plus forte, obfer-

F

vant voſtre Veſlin pour vos
jours, le bord dudit Godet ſe
fait de Carmin pur , la Graine
s'ébauche & ſe finit comme
les feüilles.

Le Verd eſt ſemblable au
Verd des Narciſſes , expliqués
dans les feüilles vingt & vingt-
une des pages 58 & 60.

La vingt-troiſiéme , con-
tient encores des Narciſſes
d'Eſpagne qui ſont auſſi jaunes, & les Godets blancs bor-
dez de rouge , & ſe peignent
comme ceux de la feüille precedente.

La vingt-quatriéme , ren-
ferme une branche de Roſes
& deux boutons , ces Roſes

font couleur Cramoify & s'ap-
pellent Rofes de Provins.

Les deux Rofes s'ébau-
chent de Laque meflée de Carmin fort claire , plus de Carmin que de Laque , & fe finiffent de la mefme couleur,
la Graine eft jaune & le milieu de la Fleur , elle fe peint
comme le Narciffe d'Afrique
feüille vingt-deux, page 61.

Les boutons, les feüilles &
les queües font verts , ils s'é-
bauchent d'un peu d'Outremer d'Hollande meflé avec du
Stil de Grain , & s'ombrent de
Verd d'Iris, les petites veines
des feüilles fe font avec du
Verd d'Iris fort brun , les pe-

tits piquants fe font de Carmin meflé avec un peu de Verd d'Iris.

La vingt-cinquiéme, contient un Branche de Rofes & deux boutons-

La Rofe & le gros Bouton s'ébauchent d'une eau de Carmin fort claire, & fe finit par traits d'une eau de Carmin plus forte, obfervant voftre Veflin pour vos jours.

Le Verd eft differend de l'autre Rofe & eft plus tendre; pour l'ébaucher vous prendrez une fimple eau de Verd de Montagne, & pour le finir vous vous fervirez de Verd d'Iris fort doux.

Le petit Bouton eſt Verd &
ſe peint comme les feüilles &
les branches, les piquants ſe
font comme aux autres Roſes
de Carmin meſlé avec un peu
de Verd d'Iris.

La vingt-ſixiéme contient
quatre ſortes de Fleurs ; ſçavoir, la Fleur de Renoncule
qui eſt de couleur de Feu, po-
ſée entre deux Ancolies.

Cette Fleur s'ébauche de
Mine meſlée avec un peu de
Vermillon & de Carmin, & ſe
finit de Carmin pur, la Graine
eſt noire, elle s'ébauche d'Encre de la Chine fort claire, &
ſe finit de la meſme couleur.

Vous obſerverez que l'Encre

de la Chine se délaye avec l'eau pure non-gommée.

Plus une Fleur de Renoncule de bois, dont les feüilles sont étroites qui est épanoüie.

Cette Fleur est de couleur rouge, elle s'ébauche de Vermillon fort claire, & se rembrunit de Carmin pur, la Graine est jaune, elle s'ébauche de Macicot & se rembrunit de Gomme-gutte meslée avec un peu de Pierre de Fiel.

Le Verd de ces deux Fleurs est semblable, il s'ébauche du mesme Verd que la Rose de Provins feüille vingt-quatre, page 62.

Les deux Ancolies sont Colombines, elles s'ébauchent de Laque claire, & se finissent de la mesme couleur fort tendre, la Graine est jaune, la Queuë & les Feüilles de Verd. jaune, le Bouton se fait d'une couleur un peu plus pâle que la Fleur; ce Verd se fait de Stil de Grain meslé avec du Verd de Montagne & se finit de Verd d'Iris.

La Fleur de Fretillaire qui est dans la mesme feüille marquée par petits Quarreaux est Violette & Blanc.

Les Petits Quarreaux Violets s'ébauchent de Laque & d'Outremer meslez ensemble, & se finissent de même couleur. Et les petits Quarreaux

Blancs s'ébauchent d'une eau
d'Encre de la Chine fort claire; & se finissent d'une eau
de la mesme Encre un peu
plus forte.

La Queuë & les deux Feüilles pointuës sont d'un Verd
bleu ; elles s'ébauchent de
Verd de Montagne meslé avec
de l'Outremer d'Hollande, &
se finissent de Verd d'Iris seul.

La vingt-septiéme, contient
trois Fleurs ; sçavoir, Laublifoin, un Renoncule & une
Iris.

Laublifoin est bleu & s'é-
bauche d'Outremer fort clair,
& se finit petit-à-petit & par
traits de la mesme couleur.

La Queuë & les Feüilles
font d'un Verd pâle; elles s'é-
bauchent d'une eau de Verd
de Montagne, & fe finiſſent
d'une eau de Verd d'Iris.

Le Renoncule eſt couleur
de Feu & Verd; il s'ébauche
de Carmin & de Vermillon
meſlé enſemble dans, les clairs
& dans les ombres s'ébauche
d'un peu de Gomme-gutte, &
fe finit de Verd d'Iris, & par-
tout également paſſer une
eau de Carmin fans cacher le
Verd des clairs, la Graine eſt
comme la Queuë cy après expliquée.

La Queuë eſt d'un Ver jaune; elle s'ébauche d'une eau

de Gomme-gutte & de Verd d'Iris meflées enfemble, & s'ombre d'une eau de Verd d'Iris.

L'Iris a les Feüilles d'enhaut Violettes ; elles s'ébauchent de Laque & d'Outremer mélez enfemble fort claire, & fe finiffent de la mefme couleur, le dedans des Feüilles d'enbas eft d'un jaune fort pâle, s'ébauche de Macicot jaune, & fe finit de Gomme-gutte mélé avec un peu de Pierre de Fiel, le deffus de fes Feüilles s'ébauche de Terre d'Ombre fort claire, & fe finit de la mefme couleur. un peu plus brune.

La Queuë s'ébauche de Verd de Montagne & se finit de Verd d'Iris.

La vingt huitiéme, con-tient une Branche de la Fleur dite *Solanum Indicum*, en plu-sieurs Boutons.

Ces Fleurs font bleuës; el-les s'ébauchent d'une eau d'Outremer fort claire, & se finissent petit-à-petit d'Outre-mer un peu plus fort, & dans les grands ombres d'Outre-mer pur, la Graine est rouge, elle s'ébauche d'une eau de Carmin & se finit de Carmin.

Les petits Boutons se font de la mesme couleur que la Fleur un peu plus tendre, les

Branches & les Feüilles font
d'un Verd foncé ; elles s'é-
bauchent de Verd de Montagne, & s'ombrent de Verd d'I-
ris bien foncé.

Les Piquants qui font fur
les Branches & les Feüilles,
fe peignent comme la Graine,
les côtes & les filets font de
mefme Verd que les Branches
& les Feüilles : Il faut obfer-
ver les jours où le Verd doit
eftre plus tendre.

La vingt-neuviéme, renferme deux Oeillets d'Inde, une
Tulippe panachée & une Anemone fimple avec fon Bou-
ton.

Les Oeillets d'Inde font jaunes,

nes, s'ébauchent de Gomme-gutte, & se finissent dans les bruns de Gomme-gutte, Car-min & Pierre de Fiel meslez ensemble, la Graine de mê-me, en observant les jours & les ombres ; c'est-à-dire dans les jours y mettre de la Gom-me-gutte seule, & dans les ombres du meslange cy-des-sus.

La Queuë & les petites Feüilles sont d'un Verd jaune, s'ébauchent de Stil de Grain & d'Outremer d'Hollande mé-lez ensemble, & se finissent de Verd d'Iris.

La Tulippe est Violette, les Panaches s'ébauchent de La-

G

que & d'Outremer meſlez enſemble, & ſe finiſſent de la
meſme couleur, dans ce mélange il faut plus d'Outremer
que de Laque, & ne ſe ſervir
pour l'ébauche que de l'eau
de ces couleurs, les jours de
cette Tulippe ſont gris & ſe
font par traits d'une eau d'Encre de la Chine fort claire.

Le Verd de la Queuë & des
Feüilles s'ébauche d'une eau
de Gomme-gutte meſlée avec
un peu de Verd de Monta-
gne, & ſe finit de Verd d'I-
ris.

Si vous voulez faire une
feüille qui ſe fane, au bout
de la feüille du verd de voſtre

Tulippe vous y mettrez une eau de Pierre de Fiel seule.

L'Anemone simple est Colombin, & s'ébauche d'une eau de Laque claire, & se finit de la mesme couleur plus foncée par traits fort tendre en observant le sens qu'ils ont.

Le Bouton se fait comme la Fleur.

La Graine est d'un Violet fort brun ; elle se fait de Laque & d'Inde meslez ensemble, & se rembrunit de la même couleur.

La Queuë & les Feüilles s'ébauchent de Verd de Montagne, & se finissent de Verd d'Iris.

G ij

La trentiéme, contient un Narcisse simple blanc, dont le Godet est jaune & rembrunit de rouge, deux Tulippes, une commune & une panachée & deux Fleurs & deux Boutons de Giroflée simple.

Le Narcisse s'ébauche d'une eau d'Encre de la Chine trés-claire, & s'ombre d'une eau de la mesme Encre un peu plus forte, pour les jours vous observerez le blanc de vostre Vélin, le Godet jaune s'ébauche de Gomme-gutte, & se finit par dedans & par dessus d'une eau de Carmin ; la Graine est de jaune foncé, elle s'ébauche de Gom-

me gutte, & se finit de Pierre
de Fiel, le surplus de la Fleur
se peint comme les autres Nar-
cisses expliqués feüilles vingt
& vingt-une des pages 58. &
60.

La Tulippe commune ou
simple est rouge ; elle s'ébauche d'une eau de Carmin claire, & se finit petit à-petit &
par traits de la mesme couleur un peu plus forte dans
les ombres, de Carmin brun.

La Tulippe Panachée est
jaune ; elle s'ébauche d'une
eau de Gomme gutte fort claire, & se finit de la mesme
couleur meslée avec un peu de
Terre d'ombre, les Panaches

G iij

font couleur de Feu , s'ébauchent de Vermillon meſlé a-
vec du Carmin , & s'ombrent
de Carmin pur.

Le Verd ſe fait comme le
Verd des autres Tulippes,
feüilles quatorze & vingt-neuf,
pages 46. & 73.

Les Fleurs de Giroflée ſont
de Laque pure ; elles s'ébauchent d'une eau de cette couleur fort claire , & ſe finiſſent
d'une eau de la meſme couleur plus foncée , les Boutons
ſe font de meſme.

Le Verd eſt d'un jaune
paſle ; il s'ébauche de Macicot paſle meſlé avec un
peu de Verd de Montagne,

& fe finit de Verd d'Iris.

La trente-uniéme & der-
niére, contient plufieurs Violettes enfemble ; elles s'ébauchent d'une eau de Laque &
d'Outremer meſlez enfemble
plus d'Outremer que de Laque, & fe finiffent du meſme
mélange.

Le Verd s'ébauche de Verd
de Montagne, & s'ombre de
Verd d'Iris.

F I N.

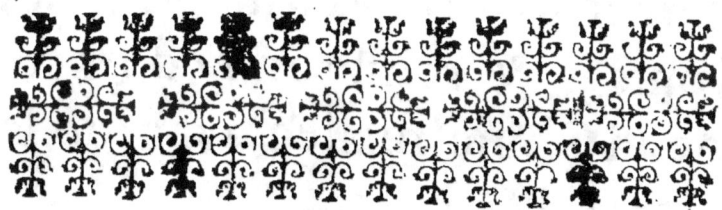

LIVRE
D'OYSEAVX.

APrés avoir achevé l'explication du Livre de
Fleurs; je commence celle du
Livre d'Oyseaux , composé
d'autant de feüilles.

La premiere de ce Livre
contient l'Aigle Royal couleur de musc & noir, tout le
corps s'ébauche d'une eau de
Terre d'Ombre; il faut ob-

ferver voftre Veflin pour les
jours, & rembrunir d'Encre
de la Chine meflée avec de la
Terre d'Ombre.

L'Oeille s'ébauche de brun
rouge & de Terre d'Ombre
meflés enfemble, & fe finit
d'un peu d'Encre de la Chine, le point de l'œil fe fait
avec de l'Argent en coquille,
le bec eft jaune, il s'ébauche
de Gomme-gutte, & dans les
ombres fe finit de Gomme-
gutte meflée avec un peu de
Terre d'Ombre.

Les pieds font jaunes & fe
peignent comme le bec, les
griffes font noires, & s'ébauchent & fe finiffent d'Encre de

la Chine. Vous obſerverez
que les Fleurs & les Oyſeaux
ſe peignent d'une maniere dif-
ferente, & que pour bien peindre les Oyſeaux, il faut avec
le Pinceau par petits traits du
ſens qu'ils ſont marquez dans
l'Eſtempe que vous coppiez,
imiter le naturel de voſtre Oyſeau, & par voſtre ſoin & l'i-
mitation de voſtre deſſein le
rendre conforme à ſon Original, en quoy vous reüſſirez,
ſi aprés voſtre ébauche faite
de voſtre premiere couleur qui
doit eſtre fort tendre en rem-
bruniſſant & formant les ombres de l'Oyſeau que vous coppiez, vous obſervez tous les

traits de la maniere qu'ils sont formez, pour representer au naturel voûtre Oyseau, c'est à dire qu'il paroisse plumé & colorié de la maniere qu'il est naturellement, cette observation doit servir d'instruction pour la maniere de peindre les autres Oyseaux contenus dans le present Livre.

Le Tronc d'Arbre sur lequel cet Oyseau est posé, s'ébauche de Gomme-gutte mélé avec un peu de Verd de Montagne, & se finit avec de la Terre d'Ombre meslée avec du Verd d'Iris.

Le Verd des petites branches qui sont sur ce Tronc s'ébauche

che avec du Verd de Montagne, & fe finit avec du Verd
d'Iris.

La feconde feüille contient
un Vautour pofé fur le Tronc
d'un Chefne, cet Oyfeau eft
mufc, s'ébauche de Terre
d'Ombre meflée avec un peu
de Stil de Grain, & fe finit de
Terre d'Ombre pure ; le bec
eft de mefme couleur, l'œil &
les pieds font couleur de chair;
ils s'ébauchent de Carmin &
de Terre d'Ombre meflez enfemble, & fe finiffent du même meflange, les ongles font
noirs, ils s'ébauchent d'eau
d'Encre de la Chine, & fe finiffent d'Encre de la Chine pure.

H

Pour peindre le Tronc du Chefne fur lequel cet Oyfeau eft pofé, il faut prendre du Macicot pafle meflé avec un peu de Terre d'Ombre & de Mine, pour ébaucher & pour finir il faut prendre de ces trois couleurs meflangées plus fortes que l'ébauche.

L'Ecorce fe fait d'Encre de la Chine meflée avec du Stil de Grain & du Verd de Montagne & un peu de Pierre de Fiel, tant pour ébaucher que pour rembrunir, en obfervant toûjours de faire voftre ébauche fort claire, & de vous fervir de voftre meflange plus fort pour rembrunir ou ombrer.

Le Verd des Feüillages s'é-
bauche de Verd de Monta-
gne, & se finit de Verd d'Iris.

Le Gland est couleur de Noi-
sette ; il s'ébauche de Macicot
passe meslé avec un peu de
Brun rouge, & se finit de la
mesme couleur.

La troisiéme contient le Pelican, cet Oyseau est blanc,
il faut conserver la blancheur
de vostre Vellin ; pour faire
l'ébauche de cet Oyseau vous
prendrez une eau d'Encre de
la Chine meslée de trés-peu
d'Inde fort claire, & pour ombrer vous vous servirez de cette mesme eau un peu plus
forte.

H ij

L'extremité des aiſles, le bec, le tour de la teſte & les pieds ſont bruns; s'ébauchent d'une eau de Terre d'Ombre & ſe finiſſent de la meſme couleur plus forte.

Le tour de l'œil eſt de couleur de Chair, ſe fait d'une eau de Carmin fort claire, & ſe rembrunit de la meſme eau, le fond de la prunele eſt noir, le point vif ſe fait d'Argent en Coquille.

La quatriéme, renferme deux Pigrieches, ces Oyſeaux ſont noirs & blancs, pour le blanc vous obſerverez voſtre Veſlin, le ventre eſt blanc, trois plumes de l'aiſle les plus

claires font blanches, tout le
refte depuis la tefte jufques à
la queuë eft noir, la pointe qui
tient à l'œil, le chapron de deffus la tefte, le bec & les pieds
font noirs, le blanc fe fait
comme au Pelican feüille troi-
fiéme page 87. le noir fe fait
& fe finit d'Encre de la Chine,
fçavoir, d'une eau fort claire
pour l'ébauche, & de la même eau plus forte pour rembrunir.

Le tour de l'œil eft jaune, il
s'ébauche d'eau de Gomme-
gutte meflée avec un peu de
Pierre de Fiel, la prunelle eft
noire, & s'ébauche & fe finit
d'Encre de la Chine, comme

il eſt cy-devant expliqué, & le
point vif ſe fait d'Argent en
coquille.

La cinquiéme contient l'Hi-
bou & pluſieurs autres Oyſeaux expliquez dans la ſuite
de ce preſent Livre. Cet Oyſeau eſt de couleur brune ; il
s'ébauche de Macicot pâle mélé avec un peu de Brun rouge de Terre d'Ombre & d'Encre de la Chine ; dans ce mélange il faut mettre plus de
Macicot que d'autre couleur,
pour ombrer vous vous ſervi-
réz du Brun rouge , de Terre
d'Ombre & d'Encre de la Chine meſlez enſemble.

Le bec & les pieds ſont

noirs, ils s'ébauchent & se finissent d'Encre de la Chine.

Le tour des deux yeux s'é-
bauche de Brun rouge fort
clair, & se finit de la mesme
couleur, les prunelles se font
d'Encre de la Chine, & les
points vifs des deux yeux d'Argent en coquille.

Pour faire les points vifs
des yeux des Oyseaux, vous
pouvez vous servir aussi de
blanc, mais il ne fait pas un
si bel effet que l'Argent.

La sixiéme contient quatre
Cignes, les deux petits sont
Grisblanc & les deux gros
Blancs.

Pour peindre les deux gros

qui font blancs, vous obferverez la blancheur de voftre
Veflin, & vous prendrez pour
les ébaucher d'une eau d'Encre de la Chine fort claire, &
pour ombrer d'une eau de la
mefme Encre de la Chine plus
fort que la premiere. La premiere eau fe couche uniment
dans les endroits les plus forts
de voftre Eftempe, & pour les
clairs ou jours vous refervez la
blancheur de voftre Vélin, &
pour finir vous peignez avec vô-
re eau plus forte pardeffus vôtre
ébauche l'Oyfeau que vous re-
prefenté par traits comme ils
font marquez dans voftre E-
ftempe, en diftinguant foi-

gneufement vos jours d'avec vos bruns.

Le bec & les pieds font jau-nâtres.

L'ébauche fe fait de Carmin meflé avec de la Pierre de Fiel & un peu de Terre d'Ombre, & fe rembrunit de la mefme couleur.

Le tour de l'œil eft auffi jaunaftre, le fond où la pru-nelle fe fait d'Encre de la Chi-ne & d'Inde meflez enfemble, plus d'Inde que d'Encre de la Chine, & le point vif de l'œil avec de l'Argent.

Les deux Petits qui font Gris s'ébauchent de Macicot pâle, de Terre d'Ombre & d'Encre de la Chine meſlées enſemble, & ſe finiſſent par traits du meſme meſlange.

Le bec, les pieds & l'œil ſe font comme aux gros Cignes qui ſont blancs.

Dans la ſeptiéme ſont les Oyes, il y en a de blancs, de gris & grisblanc.

Les blancs ſe peignent comme les Cignes feüille ſixiéme, page 91.

Ceux de cette feüille ont la teſte, le corps & la moitié de l'Aiſle blancs, les grandes plumes tant des aiſles que de la queuë griſes; pour faire le gris il faut prendre de l'Encre de la Chine, de la Terre d'Om-

bre meſlées avec un peu de Stil
de Grain, pour l'ébauche vous
vous ſervirez d'une eau de ces
trois couleurs meſlangée fort
claire, & pour ombrer d'une
eau de ce meſme meſlange un
peu plus forte.

Le bec & les pieds ſont de
couleur orangé ; ils s'ébauchent d'une eau de Mine, de
Terre d'Ombre & de Gom-
me-gutte meſlées enſemble
fort claire, & ſe finiſſent d'une
eau de ce meſlange un peu
plus forte.

L'œil eſt bordé de meſme
couleur que le bec, la prunelle ſe peint de Terre d'Ombre meſlée avec un peu d'En-

cre de la Chine, & le point
vif fe fait avec de l'Argent.

La huitiéme contient les
Pinguins.

Ces Oyfeaux ont le bec &
les pieds couleur de chair, depuis l'œil jufques au col ils
font blancs, ont le ventre
blanc, le chapron, la moitié
du col, l'aifle & le dos de verd
doré, & le tour de l'œil noir.

Pour l'ébauche du bec &
des pieds, il faut mefler un
peu de Carmin & de Vermillon
enfemble, & prendre une eau
de ce meflange fort claire, &
pour ombrer vous vous fervirez d'une eau du mefme mélange plus forte, le blanc de
ces

ces Oyſeaux ſe fait comme
aux Cignes feüille ſixiéme,
page 73.

Pour l'ébauche du Verd doré. vous prendrez de l'Or en
coquille, & pour finir & rembrunir du Verd d'Iris, avec lequel vous peindrez pardeſſus
voſtre Or que vous couche-
rez uniment par traits, comme ils ſont marquez dans vô-
Eſtempe.

Le tour de l'œil ſe fait d'Encre de la Chine, & le point vif
ſe fait d'Argent en coquille.

Pour vous ſervir de voſtre
Or & Argent en coquille vous
prenez une goutte de voſtre
eau gommée au bout de voſtre

I

Pinceau avec quoy vous délayez l'Or ou l'Argent qui eft dans voftre coquille pour peindre avec voftre Or & Argent aprés qu'il eft délayé, comme il eft expliqué cy-deffus, vous le couchez uniment dans les places où vous en avez befoin; & pour faire feulement voftre point vif d'un œil, il faut prendre au bout de voftre Pinceau un peu de voftre Argent diffout avec eau gommée, & marquer voftre point vif avec le bout de voftre Pinceau.

Dans la neuviéme font des Canards.

Ces Oyfeaux font verd doré, couleur de Perdrix & noirs.

La tefte, la huppe, la moitié de l'aifle qui touche au ventre, le col & tout le ventre font de Verd doré, l'ébauche fe fait d'Or en coquille, & fe rembrunit de Verd d'Iris par traits le-refte de l'aifle & la queuë de couleur de Perdrix & noir.

Pour l'ébauche de la couleur de Perdrix, il faut prendre une eau de Terre d'Ombre, & pour ombrer de la Terre d'Ombre pure, les trois petites plumes qui font vers le haut de l'aifle font blanches, fe peignent comme les Cignes feüille fixiéme, page 73.

I ij

Le noir s'ébauche d'une eau d'Encre de la Chine, & se finit d'Encre de la Chine pure.

Le bec & les pieds se font comme aux Oyes un peu plus jaune; c'est à-dire que dans le meslange il y doit entrer plus de Gomme-gutte que de Mine & de Terre d'Ombre feüille septiéme page 94.

La dixiéme contient les Bievres.

Ces Oyseaux font de couleur meslée.

Le col & le ventre jusques au bout de la queuë font blancs, le chapron est couleur de musc & l'aisle, à l'exception d'un petit quarré qui eſt auſſi blanc.

Le bec, le tour de l'œil & les pieds ſont jaunes, la prunelle noire, pour le blanc il ſe peint comme les Cignes feüille ſixiéme page 73.

Le muſc s'ébauche d'eau de Terre d'Ombre meſlée avec un peu d'Encre de la Chine, & ſe finit du meſme meſlange un peu plus fort.

Le bec & les pieds s'ébauchent de Gomme-gutte, & & ſe finiſſent de Gomme-gutte & de Terre d'Ombre mélées enſemble.

Dans la onziéme ſont les Movettes rares.

Ces Oyſeaux ſont de cou-

leur jaune sale. Tout le corps
& les aisles s'ébauchent d'une
eau de Stil de Grain, & s'ombrent d'eau de Terre d'Ombre
& d'Encre de la Chine meslées
ensemble, dans les plus bruns
il faut vous servir de ce mesme
meslange un peu plus fort.

Le bec & les pieds sont couleur de musc rougeâtre , pour
les ébaucher vous vous servirez
d'une eau de Carmin & de Terre d'Ombre meslées ensemble,
& pour rembrunir vous prendrez d'une eau de ce meslange un peu plus forte.

L'œil est comme le corps,
la prunelle noire , le point
de l'œil autrement , le point
vif se fait d'Argent.

La douziéme renferme les Gruës; elles sont couleur de gris sale, le bec & les pieds couleur de chair.

Le corps & les aisles s'ébauchent d'une eau de Terre d'Ombre meslée avec un peu d'Encre de la Chine, & un peu de brun rouge, & s'ombrent & le finissent de ce mesme mélange un peu plus fort.

Le bec & les pieds s'ébauchent d'une eau de Carmin & de Terre d'Ombre meslées ensemble, & se finissent du même meslange plus fort, l'œil est comme le bec, la prunelle est noire, & le point vif se fait d'Argent.

Dans la treiziéme font les Butors.

Ces Oyfeaux font couleur de Perdrix; c'eft-à-dire grivelez d'un gris par petits quarreaux, mufc, ifabele & gris-blanc.

L'ébauche de tout le corps & des aifles fe fait d'une eau de Mine & de Macicot paffe meflé enfemble, & pour rembrunir, il faut vous fervir de Terre d'Ombre meflée avec de l'Encre de la Chine, & de la Mine pour faire les quarreaux bruns & les traits.

Le bec & les pieds qui font gris s'ébauchent d'une eau de Terre d'Ombre, & fe finiffent de la mefme couleur pure.

Le tour de l'œil & la prunelle font noirs, & le point vif
de l'œil fe fait d'Argent.

La quatorziéme renferme
les Poches Calier, qui ont le
bec fait comme le Pelican.

La tefte, le col & le deffous du ventre font blancs, &
fe peignent comme les Cignes
feüille fixiéme, page 73.

Les aifles font de couleur
changeante; elles s'ébauchent
d'une eau d'Inde meflée avec
de la Gomme-gutte, plus d'Inde que de Gomme-gutte, &
& fe finiffent de Terre d'Ombre.

Le bec & les pieds font cou-

leur jaune verdâtre ; ils s'ébauchent & le tour de l'œil qui
est de mesme couleur , de
Gomme gutte meslée avec un
peu de Verd d'Iris , & se finis-
se de Terre d'Ombre.

La prunelle qui est noire
s'ébauche & se finit d'Encre de
la Chine , & le point de l'œil
se fait d'Argent.

La quinziéme contient le
Bihoreau.

La teste , le col , la moitié
de l'aisle en long & le ventre
sont blancs, le dessus de l'aisle
qui est le plus noir ou ombré
& la creste sont bleuës, le bec
& les pieds de couleur de chair
pasle, le tour de l'œil est comme le bec.

Pour le blanc il se peint comme les Cignes feüille si-xiéme page 73.

Le bleu s'ébauche d'une eau d'Outremer, & se finit de la mesme couleur pure.

La couleur de chair passe s'ébauche d'une eau de Terre d'Ombre meslée avec un peu de brun rouge, se finit de ce mélange.

Dans la seiziéme sont les Cigognes ; elles sont de cou-leur grisblanc, elles s'ébau-chent d'une eau d'Encre de la Chine fort claire, & se finis-sent de la mesme couleur un peu plus forte, meslée avec un peu de Terre d'Ombre.

Le bec, le tour de l'œil &
l'œil se peignent comme au
Bihorreau feüille precedente.

La dix-septiéme renferme
les Carlieux & les Vanneaux.

Les Carlieux sont comme
les Perdrix, & se peignent comme les Butors feüille treiziéme
page 104.

Les Vanneaux ont la teste
& le ventre grisblanc, la huppe & le col de Verd doré, les
aisles, le bec, les pieds & le
tour de l'œil couleur de musc.

La teste & le ventre se peignent comme les Cicognes
feüille seiziéme page 107.

Le Verd doré pour l'ébau-
che vous prendrez de l'Or en
Coquille,

Coquille, & pour finir du Verd
d'Iris, en observant que l'on
voye autant de traits d'Or
que de Verd.

Pour l'ébauche des aisles,
du bec, des pieds & du tour
de l'œil, vous vous servirez
d'une eau de Terre d'Ombre
meslée avec un peu d'Encre de
la Chine, & pour finir de ce
meslange pur.

La dix-huitiéme contient les
Martins Pescheurs.

Ces Oyseaux sont de couleur
musc entierement ; l'ébauche
se fait d'une eau de Terre
d'Ombre meslée avec de l'Encre de la Chine, & se finit de
de la même couleur un peu

K

plus forte, le point vif ou de
l'œil se fait toûjours d'Argent
en coquille.

La dix-neuviéme contient
l'Autruche ; elle est blanche,
le bec & les pieds couleur de
chaire pasle, & se peint comme le Bihoreau feüille quinziéme page 106.

Le Palmier , ses branches
& son tronc sont couleur de
Verd jaune, ils s'ébauchent de
Verd de Montagne, avec un
peu de Stil de Grain meslé ensemble ; & se rembrunissent de
Verd d'Iris.

La vingtiéme contient les
Cocqs, Poules & Poulets.

Les Cocqs ont leurs hup-

pes, & le plumage , les aifles
& les queuës de couleurs chan-
geantes.

Leurs corps font aurores,
noirs & blancs grivelez, leurs
becs font de couleur de chair,
leurs creftes & le tour de
leurs yeux rouges, leurs pieds
de gris fale ou noir.

Plufieurs Cocqs ont les
queuës feüilles-mortes, noires & verd doré.

Les huppes, les aifles & les
queuës s'ébauchent de Gomme - gutte meflée avec de la
Pierre de Fiel, & fe finiffent
de la Pierre de Fiel pure pour
l'aurore, pour le verd doré l'é-
bauche fe fait d'Or en coquil-

le , & se rembrunit de Verd
d'Iris, & pour le noir, l'ébauche se fait d'une eau d'Encre
de la Chine , & se finit d'Encre de la Chine pure.

Les crestes & les tours. des
yeux s'ébauchent d'une eau de
Carmin meslée avec du Vermillon , & se rembrunissent
de Carmin pur.

Les corps qui sont aurores s'é-
bauchent de Gomme - gutte
meslée avec de la Pierre de Fiel,
& se finissent de Pierre de Fiel
meslée avec un peu de Carmin.

Pour le noir & blanc vous
vous servirez de l'Encre de la
Chine ; sçavoir , dans les jours
d'une eau fort claire , & dans

les bruns d'une eau plus forte.

Et pour le grivelé , faire d'espace en espace les plumes de
ces couleurs differentes ; c'est
à-dire une aurore , une noir
& blanc & une autre de verd
doré.

Les Poules se peuvent peindre de plusieurs manieres , les
unes gris-blanc comme les Cicognes feüille seize, page 107.

Les autres aurore , noir &
blanc , ou noir & blanc seulement & couleur de Gorges de
Pigeon.

Les colotis des aurores, noir
& blanc & blanc & noir sont
expliquez cy-devant pag 112.

La couleur de gorge de Pigeon se fait de Laque , d'Encre de la Chine & de Carmin meslez ensemble ; pour l'ébauche il faut prendre une eau de ce meslange, & pour finir de ce meslange pur.

Les Poulets sont gris-blancs, ils s'ébauchent de Terre d'Ombre meslée avec un peu de blanc & d'Encre de la Chine, & se finissent de Terre d'Ombre & d'Encre de la Chine méllez seuls ensemble.

Le Baquet est couleur de bois, l'ébauche se fait d'une eau de Terre d'Ombre & d'Encre de la Chine meslez ensemble , & se finit du mesme meslange un peu plus fort.

Pour faire l'eau du Baquet, vous prendrez un peu d'Inde & du blanc de plomb trés-fin meflez enfemble, & dans ce meflange vous y mettrez un peu de Verd d'Iris.

La Cage d'Ofier s'ébauche de Macicot pafle, & s'ombre de Gomme-gutte & de Terre d'Ombre meflées enfemble.

Dans la vingt uniéme fonc les Poulets d'Inde ; ils fonc gris & noires, & onc la crefte & le deflous de la gorge rouge.

Pour l'ébauche du gris & du noir, il faut mefler un peu de blanc avec de l'Encre de la Chine, & pour finir dans les bruns de l'Encre de la Chine feule.

L'ébauche du rouge se fait d'eau de Carmin, & se finit dans les bruns de Carmin pur.

La Cage se peint comme celle des Poules & Poulets feüille vingtiéme, page 115.

Le Baslin est couleur de Cuivre rouge.

L'ébauche se fait de brun rouge meslé avec un peu de blanc de plomb, & se finit de brun rouge pur.

L'on peut aussi se servir de Bronze couleur de Cuivre rouge, & la rembrunir avec du brun rouge m slé avec de la Terre d'Ombre.

Les points vifs ou des yeux se font d'Argent en coquille.

comme à tous les Oyſeaux pre-
cedens & ſuivans.

La vingt deuxiéme renfer-
me le Corbeau, cet Oyſeau eſt
noir entierement ; il s'ébauche
d'une eau d'Encre de la Chine, & ſe rembrunit d'Encre de
la Chine pure.

Les pieds, le bec & le tour
de l'œil ſont auſſi noirs, & ſe
peignent comme le corps de
cet Oyſeau, le point de l'œil
ſe fait d'Argent.

La vingt-troiſiéme contient
les Corneilles; elles ſont noires & blanches; ſçavoir, elles
ont le bec, la teſte juſques
au deſſous du ventre, l'aiſle,
la queuë & les pieds noirs, &

tout le dos & le ventre blanc.

Le blanc de ces Oyſeaux ſe
fait d'une eau d'Encre de la
Chine fort claire, pour l'ébauche & pour ombrer d'une eau
de cette meſme couleur un
peu plus forte, & pour l'ébauche du noir de ces meſmes
Oyſeaux, vous prendrez une
eau d'Encre de la Chine auſſi
forte que celle dont vous aurez rembruny le blanc de vos
Oyſeaux, & pour finir de l'Encre de la Chine pure. Vous
vous ſouviendrez qu'il faut que
tous vos traits ſoient fort tendres, & que l'eau de voſtre couleur pour faire voſtre blanc
doit eſtre ſi claire, qu'elle ne

ferve qu'à éteindre fort peu la
blancheur de voftre Veflin, &
voftre feconde eau doit eftre
un peu plus forte, & neanmoins peu chargée, afin que
voftre Coloris foit fort tendre.
Vous obferverez la mefme cho-
fe dans l'employ de toutes vos
couleurs; c'eft à-dire vous fe-
rez vos ébauches fort claires,
& rembrunirez pardeffus fort
legerement & par traits fort
tendres, afin de faire auffi tendre que voftre Eftempe dont
les traits font fort fins, & que
vous devez imiter en ombrant
& finiffant.

Dans la vingt-quatriéme
font deux Pies & deux Gay.

Les Pies se peignent com-
me les Corneilles, en observant le noir & le blanc feüille
vingt-troisiéme, page 117.

Les Gays sont grisbruns,
ils s'ébauchent d'une eau de
Terre d'Ombre, meslée avec
du Stil de Grain, un peu de
blanc de plomb & d'Encre de
la Chine meslez ensemble, &
pour finir il ne faut point mettre de blanc dans le meslange.
des trois autres couleurs.

Leurs becs, leurs pieds &
leurs yeux se peignent de même maniere que le corps, les
points des yeux se font d'Argent.

La vingt-cinquiéme, con-
tient

tient le Loriot, il eſt couleur
de Verd jaune, à la reſerve du
bec, de l'œil, l'aiſle, la queuë
& les pieds qui ſont de couleur brune.

L'ébauche du Verd jaune ſe
fait de Stil de Grain & un peu
de Verd d'Iris meſlés enſemble, & pour finir, il faut prendre de la Terre d'Ombre & du
Stil de Grain, qui meſlez enſemble font un jaune plus
brun.

Le bec, l'œil, l'aiſle, la
queuë & les pieds s'ébauchent
de Terre d'Ombre & de blanc
meſlez enſemble, & ſe finiſſent de Terre d'Ombre meſlée
avec de l'Encre de la Chine.

L

La vingt-sixiéme renferme le Perroquet à longue queuë, il a le chapron & le tour de l'œil couleur de feu, le corps de Verd jaune, la queuë couleur de feu & bleu, le bec & les pieds couleur de chair sale.

Le chapron & le tour de l'œil s'ébauchent d'une eau de Carmin & de Vermillon mélez ensemble, & se finissent de Carmin pur.

Le corps s'ébauche de Gomme-gutte & de Verd de Montagne meslez ensemble, & se finit de Verd d'Iris.

Le dessus de la queuë est couleur de feu, & se peint comme le chapron.

Le deſſous qui eſt bleu s'é-
bauche d'Outremer paſle, & ſe
rembrunit d'Outremer brun.

Le bec & les pieds s'ébauchent d'une eau de Terre
d'Ombre meſlée avec un peu
de Carmin, & ſe finiſſent du
même meſlange.

La prunelle de l'œil eſt noire, & ſe fait d'Encre de la
Chine.

Les deux autres Perroquets
ſe peuvent peindre de la même maniere, ou de celle expliquée en la feüille ſuivante.

Dans la vingt ſeptiéme ſont
quatre Perroquets.

Le hupé a ſa hupe couleur

de feu & bleu, toute la tefte
& le ventre couleur de feüille mort, & toute l'aifle & la
queuë de Verd jaune, ombré
pardeffus d'efpace en efpace de
Carmin meflé avec du Vermillon.

La hupe fe peint comme
la queuë du Perroquet de la
feüille precedente, la tefte & le
ventre s'ébauchent de Gomme-gutte & de Macicot meflez
enfemble, & fe finiffent de
Pierre de Fiel feule, l'aifle &
la queuë fe peignent comme
le Loriot feüille vingt-cinq,
page 121.

Le bec & les pieds fe peignent auffi comme ceux du

Perroquet à longue queuë.

Les trois autres Perroquets
se font à fantaisie ; sçavoir,
ou tout verd, ou verd & bleu,
& le petit hupé couleur de feu
& verd; c'est-à-dire la hupe &
le ventre rouge & les aisles vertes, le bec & les pieds comme aux autres.

Il y en a aussi de Griblanc,
ils s'ébauchent d'une eau d'Encre de la Chine meslée avec un
peu de blanc fort claire, & se
finissent du mesme meslange
plus fort, dans les ombres
d'Encre de la Chine seule, le
bec est noir, il s'ébauche d'u-
ne eau d'Encre de la Chine un
peu forte, & se rembrunit d'En-

cre de la Chine pure, les pieds
se peignent de mesme.

La huitiéme renferme le Pic
verd & le Pic morant.

Le Pic verd s'ébauche de
Stil de Grain pur, & s'ombre
de Terre d'Ombre, de Stil de
Grain & de Verd d'Iris meslez
ensemble, à l'exception du
chapron qui est de couleur de
feu, le haut du bec & les der-
nieres plumes des aisles qui
sont noires, & de la gorge,
du ventre & des pieds qui
sont gris; ils s'ébauchent d'u-
ne eau de Terre d'Ombre &
d'Encre de la Chine meslées
ensemble, & se finissent du

mesme meslange plus fort.

Les pieds sont d'un gris plus sale; ils se peignent comme le bec & les plumes, en ajoûtant plus d'Encre de la Chine.

Le Pic morant s'ébauche comme le Pic verd, & se finit de mesme, en mettant dans le meslange un peu d'Encre de la Chine pour faire plus brun.

La vingt neuviéme contient les Tourtrelles; elles sont d'un gris rouge, elles s'ébauchent de Terre d'Ombre, d'Encre de la Chine, de blanc & un peu de brun rouge meslez ensemble, & pour finir il faut oster le blanc de ce meflange.

Le bec & les pieds s'ébauchent & fe finiffent d'une eau
de la mefme couleur.

Dans la trentiéme font les
Pigeons, on en peut faire de
plufieurs couleurs, les blancs
fe peignent comme les Cignes
feüille fixiéme, page 91.

Les plus beaux qui font de
couleur changeante & ont la
tefte & la moitié de la gorge
de couleur changeante, le refte de la gorge & le ventre
blanc, l'aifle & la queuë couleur de mufc, s'ébauchent pre-
mierent, la tefte & la moitié
de la gorge d'une eau de Laque meflée avec du blanc de

plomb & de l'Inde , & se finissent du mesme meslange , le
reste de la gorge & le corps s'é-
bauchent d'une eau d'Encre de
la Chine fort claire , & se finissent d'une eau un peu plus forte , & l'aisle & la queuë s'ébauchent d'une eau de Terre d'Ombre meslée avec un peu de
brun rouge , & se finissent du
mesme mélange.

Le bec , les pieds & l'œil
sont couleur de chair , ils s'é-
bauchent d'une eau de Carmin & de Vermillon meslez
ensemble , & se finissent du
mesme meslange.

Le Pot est couleur de terre
rouge ; il s'ébauche de Maci-

cot pâle meſlé avec un peü de brun rouge, & ſe finit de ces deux couleurs meſlées enſemble.

Les Paniers s'ébauchent & ſe finiſſent comme les Cages des Poules feüille vingtiéme, page 115.

La trente-uniéme & derniere contient le Merle noir, cet Oyſeau a le bec, la teſte, le corps tout entier, la queuë & les pieds noirs ; ils s'ébauchent d'une eau d'Encre de la Chine un peu forte, & ſe finiſſent d'Encre de la Chine pure.

Les jeunes ou petits qui ſont d'un noir moins foncé, s'ébauchent d'une eau d'Encre

de la Chine trés-claire, & se
finissent de la mesme couleur
un peu plus forte.

Le point vif des yeux de
ces Oyseaux se fait d'Argent
en Coquille, qui s'employe,
comme il est marqué feüille
huitiéme, page 97.

FIN.

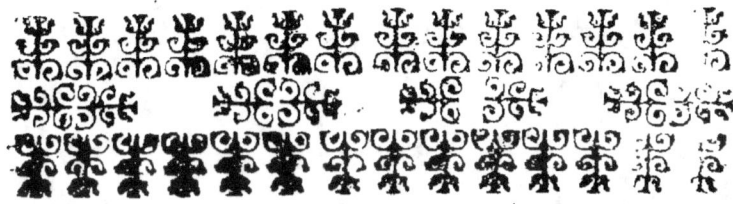

Prix des Couleurs qui servent pour Peindre en Mignature, inserés dans les pages 12 13 & 14. du present Livre.

DU beau Carmin   15 sols
De l'Outremer du plus
beau.   15 f.
Du Vermillon.   5 f.
De la Pierre de Fiel.   15 l.
De la Laque liquide.   5 f.
De la Mine   5 f.
Du Stil de Grain jaune & pâle
de chacune.   5 f
Du Brun rouge.   4 l.
Du Blanc de plomb trés-fin   3 f.
De la Terre d'Ombre.   2 f.
Des Cendres vertes & bleuës

d'Angleterre pour cinq sols
de chacune.   10 f.

De la Gomme-gutte.   5 f.

De l'Inde.   4 f.

De l'Outremer d'Holande.   5 f.

Du Macicot jaune & pâle de
chacun.   3 f.

Du Verd d'Iris.   6 f.

Du Verd de Montagne.   5 f.

De l'Encre de la Chine.   5 f.

Du Carmin brun.   5 f.

La Coquille d'Or fin.   5 f.

La Coquille de Faux.   1 f. 6 d.

L'Argent fin en Coquille   1 f. 6 d.

    A l'exception du beau Carmin,
de l'Outremer , de la Pierre de
Fiel , du Carmin brun , du Verd
d'Iris & de l'Encre de la Chine on
peut avoir de toutes les autres couleurs pour deux fols de chacune.
l'on peut auſſi avoir un grain du
beau Carmin pour cinq fols , & de
la Pierre de Fiel pour le meſme
prix.

Toutes ces couleurs qui fe vendent ruë Grenetal à la Cornemufe, chez la veuve Foubert Paroiffe S. Nicolas Defchamps , fe délayent avec de l'eau de Gomme Arabique, qui fe trouve chez les Epiciers , & dont il faut choifir la plus claire & la plus blanche, à l'exception de l'Encre de la Chine qui fe délaye avec de l'eau pure non-gommée.

Poyart dont on a parlé page 12. vend la douzaine de Pinceaux 12 f.

L'on fe fert auffi de l'eau de Tournefole pour rembrunir l'Outremer , pour deux ou trois fois vous en aurez pour long-temps, le Tournefole eft comme une Pierre, pour s'en fervir on le met dans un linge , & aprés dans un petit godet remply d'eau claire qui fe teint auffi-tôt.

TABLE.

Instruction pour Peindre les Fleurs & les Oyseaux, quoique l'on ne sçache point desseigner, depuis la page trois, jusques à la page dix-sept que commence l'explication du Livre de Fleurs.

TABLE.

TABLE.

TABLE.

Fin du premier Livre.

TABLE.

Du Livre d'Oyseaux.

TABLE.

Il y en a aussi de couleur changeante; sçavoir, le ventre & les pieds de jaune doré, depuis l'œil jusques au col aussi de jaune doré, le dessus de la teste, le dos & l'aîle de verd bluastre, & le bec noir, & la queuë bleuë du plus vif Outremer, le jaune doré se fait d'une eau de Gomme-gutte pour l'ébauche, & pour finir il faut prendre de la Gomme-gutte, de la Pierre de Fiel & du Carmin meslez ensemble. Pour le verd bluastre il s'ébauche d'une eau de Verd de Montagne, meslée avec du Stil de

TABLE.

EABLE.

N.

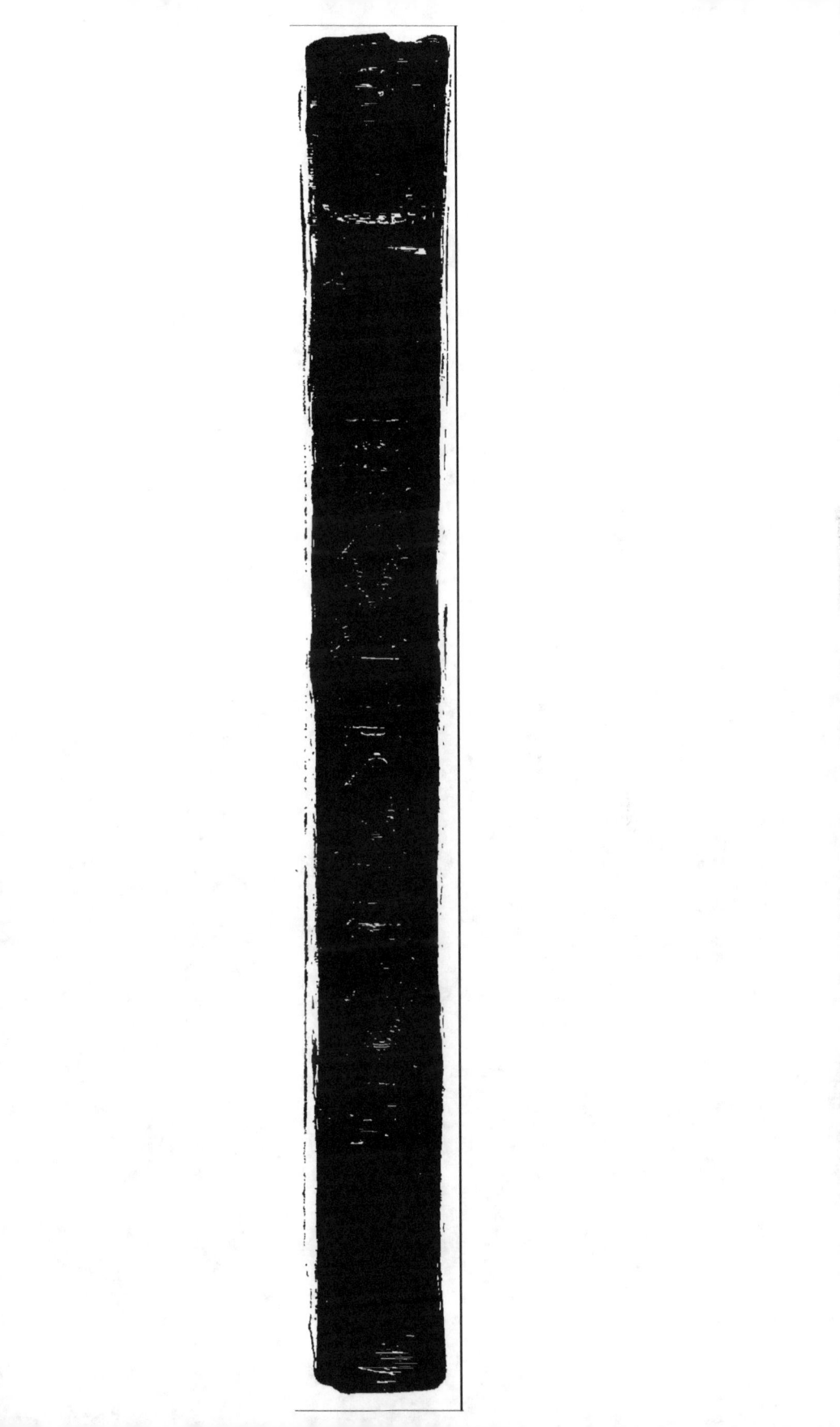